Pigacín

Dirección editorial: Raquel López Varela
Coordinación editorial: Ana María García Alonso
Maquetación: Cristina A. Rejas Manzanera

© del texto, Alfredo Gómez Cerdá
© de la ilustración, Paz Rodero
© EDITORIAL EVEREST, S. A.
Carretera León-La Coruña, km. 5 - LEÓN
ISBN: 84-241-8776-8
Depósito Legal: LE. 363-2005
Printed in Spain - Impreso en España

EDITORIAL EVERGRÁFICAS, S. L.
Carretera León-La Coruña, km. 5
LEÓN (España)
Atención al cliente: 902 123 400
www.everest.es

Pigacín

Alfredo Gómez Cerdá
ilustrado por Paz Rodero

EVEREST

Pigacín se parecía al resto de sus hermanos.

Tenía la misma forma y los mismos colores, nadaba igual que ellos, comía las mismas cosas.

Sin embargo, era mucho más pequeño que los demás.

Le gustaba escuchar las historias de Gunde, el pez más viejo de aquellos mares. Era tan viejo que su piel parecía un acordeón y sus aletas una escoba desmochada.

Un día, Gunde les habló de los amigos:

—Un amigo es lo mejor que existe —les dijo—. Yo he tenido un amigo de verdad.

Pigacín no sabía lo que era un amigo. Nunca antes había oído esa palabra.

Iba a preguntárselo a Gunde cuando alguien dio la voz de alarma:

—¡Que viene el tiburón!

Eran palabras mayores. Todos salieron pitando de allí, pues ninguno quería convertirse en la merienda de un voraz e insaciable tiburón.

Desde ese día Pigacín pensó mucho en la palabra
"amigo".

Si como había asegurado el viejo Gunde, un
amigo era lo mejor del mundo, él quería
tener un amigo.

Pero... ¿qué era un amigo? Nadie
se lo había explicado.

Para poder tener un amigo antes tenía que descubrir qué cosa era un amigo.

Se encontró con un pez algo desgarbado, de larga barba y ojos saltones.

—Hola, soy Pigacín —le saludó.

—Hola, yo soy Desconfiado.

—¿Sabes tú lo que es un amigo? —le preguntó.

—Un amigo es alguien de quien no te puedes fiar. Hazme caso, pequeñajo, no te fíes de nadie, y mucho menos de los amigos.

Poco después se encontró con un pez gordinflón y coloradote.

—Hola, soy Pigacín —le saludó también.

—Hola, yo soy Tacaño —le respondió aquel pez, mirándolo de arriba abajo.

—¿Podrías explicarme lo que es un amigo?

—Un amigo es alguien que acaba pidiéndote alguna cosa. Cuidado con los amigos. Todos son iguales.

Pigacín llegó a un desierto. La arena se extendía por todas partes y sólo algunas plantas flacuchas bailaban en el fondo marino.

—¡Busco un amigo! —gritó Pigacín—. ¿Alguien puede decirme dónde lo encontraré?

Pero el silencio parecía reinar en aquel desierto y las plantas, indiferentes, no dejaban de bailar.

Se cruzó con miles de peces que nadaban veloces en la misma dirección.

—Hola, hola, hola..., soy Pigacín y busco un amigo.

—Yo soy Pepino —le respondió uno de aquellos peces—. Date la vuelta y nada todo lo deprisa que puedas. ¡Rápido!

—¿Si hago lo que me dices me explicarás lo que es un amigo?

—¡No pierdas tiempo! —le gritó Pepino.

¡Qué susto!

La bocaza de aquel pez tan enorme parecía cualquier cosa menos un amigo.

Sus mandíbulas se abrían y se cerraban sin parar.

Sus dientes quitaban el hipo y hasta la respiración.

Sus ojos, grandes como platos soperos, buscaban una presa con ansiedad.

—¡Buf! —resopló Pigacín—. ¡De buena nos hemos librado!

Cuando se alejaron un poco y se sintieron más
seguros, Pigacín volvió a preguntarle a Pepino:

—¿Ahora me explicarás lo que es un amigo?

—Lo haré, aunque es difícil.

—¿Por qué?

—La amistad es un sentimiento. Si fuera un
poeta tal vez podría explicártelo, pero sólo soy
un pez normal y corriente.

Nadaban confiados en medio de un gran banco
de peces, por eso no se dieron cuenta de lo que

estaba sucediendo. De pronto, se vieron
aprisionados por miles de cuerpos. Algo se cerraba
sobre ellos y les impedía nadar con libertad.

—¿Qué ocurre, Pepino? —preguntó
Pigacín muy asustado.

—No lo sé. Nunca había visto algo parecido.

Todos los peces gritaban angustiados y pedían
socorro.

—¡Pigacín, Pigacín! —le llamó a voces Pepino.

—Estoy aquí —respondió Pigacín con una voz muy apagada—. Casi no puedo moverme.

—¡Acércate a mí! —continuó gritándole Pepino—. ¡Vamos! ¡Haz un esfuerzo!

—Me asfixio, me asfixio, me asfixio... —repetía Pigacín angustiado—. Moriré sin saber lo que es un amigo.

—Tú eres muy pequeño —le explicó entonces Pepino—. Sal por aquí. Yo te abriré camino.

Y Pigacín se introdujo con decisión por un agujero que le mostraba Pepino.

De pronto, dejó de sentir aquella insoportable presión sobre su cuerpo y se encontró volando por el aire, como si fuera un pájaro, o uno de esos peces a los que les gusta saltar fuera del agua.

—¡Pepino, Pepino! —gritaba una y otra vez—. ¿Dónde estás? ¿Por qué no vienes conmigo?

Pero Pepino era demasiado grande para escapar por uno de los agujeros de aquella red.

Al caer de nuevo al agua sintió un alivio muy grande. Recobró al instante las fuerzas que habían estado a punto de abandonarlo, y comenzó a nadar hacia el fondo.

Y de pronto lo comprendió todo.

¡Ya sabía lo que era un amigo!

En ese instante se dio cuenta de que jamás podría olvidar a Pepino.

ALFREDO GÓMEZ CERDÁ

Nací en Madrid, en un barrio de la periferia, y allí pasé toda mi infancia. Recuerdo del barrio el patio enorme de la casa de mi abuela Dolores, donde tanto y tanto jugué.

Cerca, había una carretera por la que apenas pasaban coches. Cogía un trozo de yeso y dibujaba sobre el asfalto un avión. Me montaba en él y echaba a volar.

Luego, dibujaba un barco y navegaba por el océano Atlántico.

Otras veces escribía un cuento y lo leía en voz alta; todos mis amigos se acercaban a escuchar.

Así descubrí que inventar historias y escribirlas para que los demás pudieran conocerlas también, era la cosa más extraordinaria del mundo. Por eso, decidí hacerme escritor.

Ya llevo escritos alrededor de ochenta libros, que se han publicado en varios continentes, y por los que he ganado algunos premios.

Un día, mi amiga Paz me enseñó unos dibujos preciosos que había hecho sobre fondos marinos. Contemplando aquellos dibujos se me ocurrió la historia de Pigacín.

PAZ RODERO

Nací en Salamanca.

A los tres años, me comía las paredes.

A los cinco, me comía las uñas.

A los siete años me comí el coco, porque los Reyes Magos me trajeron un maletín de pintor, con paleta, pinceles, aguarrás y tubos de óleo de todos los colores. Yo creo que es uno de los regalos que más ilusión me ha hecho.

También, más o menos a esa edad, vi el mar por primera vez.

Desde entonces no he dejado de pintar y de contemplar el mar, aunque vivo en Madrid.

Hace unos años, hice un curso de submarinismo para pintar bajo el agua. Cogí ceras y formicas y estuve tomando apuntes en unos arrecifes de coral, cerca de Ibiza.

Luego, en mi estudio, hice un montón de cuadros sobre el fondo del mar. Un día se los enseñé a Alfredo, y le gustaron mucho.

Así nació este libro.